MINECRAFT 我的世界 ②

冒险故事图画书

Quest for the Golden Apple

寻找金苹果

[美] 梅根·米勒（Megan Miller）◎著

李昕恬◎译

时代出版传媒股份有限公司

安徽科学技术出版社

Quest for the Golden Apple by Megan Miller
Copyright © 2015 Skyhorse Publishing, Inc.
Published by arrangement with Skyhorse Publishing, Inc.
中文简体字版权归上海高谈文化传播有限公司所有

[皖] 版贸登记号：12171790

图书在版编目 （CIP） 数据

寻找金苹果 / （美） 梅根·米勒著；李昕恬译 .—合肥：安徽科学技术出版社，2018.4（2025.6重印）
（我的世界·冒险故事图画书）
ISBN 978-7-5337-7559-9

Ⅰ.①寻… Ⅱ.①梅… ②李… Ⅲ.①儿童故事—图画故事—美国—现代 Ⅳ.① I712.85

中国版本图书馆 CIP 数据核字（2018）第 039925 号

WO DE SHIJIE MAOXIAN GUSHI TUHUASHU XUNZHAO JIN PINGGUO
我的世界·冒险故事图画书·寻找金苹果

［美］ 梅根·米勒 / 著
李昕恬 / 译

出 版 人：王筱文	选题策划：张 雯	责任编辑：郑 楠
特约编辑：张 倩 沈 睿	责任印制：廖小青	封面设计：叶金龙

出版发行：安徽科学技术出版社　　　　http://www.ahstp.net
（合肥市政务文化新区翡翠路 1118 号出版传媒广场，邮编：230071）
电话：（0551）63533330

印　　制：合肥华云印务有限责任公司　　电话：（0551）63418899
（如发现印装质量问题，影响阅读，请与印刷厂商联系调换）

开　本：700×1000　1/16　　　　印张：6　　　　字数：39 千字
版　次：2018 年 4 月第 1 版　　2025 年 6 月第 17 次印刷

ISBN 978-7-5337-7559-9　　　　　　　　　　　　定价：26.00 元

阅读，从孩子的兴趣开始

很多孩子喜欢玩一款沙盒益智游戏——《我的世界》。孩子可以在游戏中的三维空间里，创造和破坏游戏里的方块，打造精妙绝伦的建筑物和其他艺术品。因为它极富创造性，被称为"线上乐高"。自2009年发行以来，《我的世界》创12项吉尼斯纪录，用户遍布全世界，是游戏史上第三款销量破亿的游戏。

很多家长愿意给孩子买乐高玩具，不愿意让孩子玩游戏，甚至视游戏为洪水猛兽。其实游戏也没有那么可怕。《我的世界》这款游戏之所以被称为"线上乐高"，正是因为它能激发孩子的空间想象力和创造力，有利于培养他们的逻辑思维能力和对编程的兴趣。孩子能在游戏里尽情发挥，把脑袋里的想法变为现实。游戏里各种各样的探险，也能激发孩子的好奇心；困难和陷阱的设置，还能提高孩子解决问题的能力。

虽然《我的世界》是一款"绿色"的益智游戏，但如果孩子的自我控制力不够，长时间玩游戏，也会影响学习与成长。甚至有的家长反映，孩子只爱玩游戏，不爱阅读。

怎样让孩子适度玩游戏，又不影响阅读呢？兴趣是最好的老师，想让孩子爱上阅读，要先了解孩子的想法，为孩子选择他们感兴趣的书。如果孩子喜欢玩《我的世界》，那么就为他们选择《我的世界》故事书，把他们对游戏的热情转移到书上。故事里的怪物角色、武器和工具以及场景描写，都跟游戏的设定一致，玩过游戏的孩子一旦开始阅读，很快就能沉浸其中。孩子可以在故事中跟着主人公一起探险，一同面对挑战，一起克服困难，感受不同于玩游戏的别样体验。

"我的世界"系列图书在美国的销量已经超过600万册，在美国亚马逊上一位家长评论说："我八岁的儿子不爱读书，但是他全神贯注地读完了这套《我的世界》故事书，读完后他甚至想讲给我听。"这套书的作者之一丹妮卡·戴维森也收到很多孩子的来信，孩子们在信中告诉她，自己本来不喜欢读书，却因为玩《我的世界》开始看这套书，这才体会到了阅读的美妙……

阅读，从孩子的兴趣开始。就让孩子在方块世界的故事里，放飞想象，汲取力量，做更好的自己。

注：《我的世界》图画故事书，适合小学一至二年级阅读；
　　《我的世界》文字故事书，适合小学三至六年级阅读。

第一章

旅途

希望这条路是对的。

怎么又有这么多路标。

我觉得我们终于回到正常的路上了。

继续走

走这边

改道结束

谢谢配合

记住了，我们得保证女孩的安全。

快点，一个骷髅正跟着他们呢！

你这个骷髅竟然自己单枪匹马跑出来，真是不知好歹！

砰！

哔！

你有没有听到什么声音？

没有。

啊！

这里可没有你可以吃的村民，往那边去。

砰！

砰！

我觉得好像有人在监视我们。

我什么也没听到。

我什么也没看到。可能有些冰看起来有点儿绿吧。

这里没有叶子可以打掩护。

我们不能跟、跟丢。快走！

快点！

沙沙

又出现了那种声音。

那些是什么东西？

我不知道，但反正不是什么好东西！快跑！

他们跑了，我们快追上！

它们在跟踪我们。

你先走，我拖住它们！

小心点。

啊！

嗷！

快跑！

嗷！

吓跑它们倒是比我想得简单。

我看起来肯定很凶猛。

希望狼儿没事。

哎呀！

好、好啊？

阿里！格兰！

真是难以置信。

珀西！

珀西？

小凤，他们是我的朋友。

我跟大家走散了……

是因为我陷在山涧里了。

你们就把我留在那儿了。

还好，小凤过来救了我。

9

我们知道修道院，可以和你一起跑过去。

跑？我跑得不慢，但是我不能——

跳上来吧。

跳到阿里身上。

准备好了吗？

好了！

好了！

好了！

我们走!

我们跟、跟、跟丢了。夫人一定会大发雷霆。

雷霆。

♫嗝♫

在那儿!

我们到了！现在该找金苹果了。

第二章

修道院

我什么都没听到。

但是门开着……
或许他们在吃晚
饭吧。

咚咚

咚咚

我也什么都没看到。

所有的房间都空
无一人。

图书馆也是空的。

实在是奇怪。

一个人也没有，更别提僧人了。

沙沙

这扇门里好像有声音。

我也听到了。

是金苹果园！

停！

我们先想想办法。

我看看外面是什么情况。

你看到了什么？

我数了数，差不多有二十个僵尸。

他们什么样啊？

有的僵尸穿着裤子，有的穿着破烂不堪的棕色长袍。

所以，有些僵尸肯定是——

是那些僧人！僵尸僧人！

我有办法了！有没有僵尸不攻击的东西？

他们什么都攻击。

，他们不会攻击僵尸。

这样的话，我可以打扮成僵尸的样子。我需要棕色的长袍，还得把皮肤染绿。

我们可以帮忙。

我找到了袍子。

这朵花可以把你染成黄色。

再混上这块青金石，就可以染出绿色了。

不久之后……

我要进去了。

祝我好运！

等等。僵尸闻得出的气味。

我们还得给你弄上僵尸的味道。

这样的话，我们需要……

僵尸的肉。

对，但不能是僵尸僧人的肉。

我去去就来！

嗷！咬

嘎呜！

24

合，真僵尸的肉。

我把身上都抹一遍，再把肉顶在头上。

好，我要进去了。

动作得慢点才像僵尸。

嗄！

那棵树看起来不难爬，上面正好有个苹果。

僵尸没看到我！
我肯定可以爬上去。

哎呀！
僵尸肉掉下去了！

僵尸发现我了！

嘎呜嘎呜！

嘎！

嘎呜！

就差一点儿了!

拿到了!

我需要那块
僵尸肉。

但是现在顾不上
那么多了!

嘎!

嘎呜!

第三章

虚弱药水

是个船屋。

我觉得僧人应该是用这些船来运输苹果的。

这个箱子里都是地图。

地图上说，我们可以沿着这条河到达沼泽地，也就是西西婆婆住的地方。

我觉得我们不该去那儿。

没办法，不去也得去，谁让她有虚弱药水呢。

我知道，可是西西说我们想要多少就有多少。我们需要很多药水来救僧人。

但是小汤也有啊。

那我们走！

出发咯！

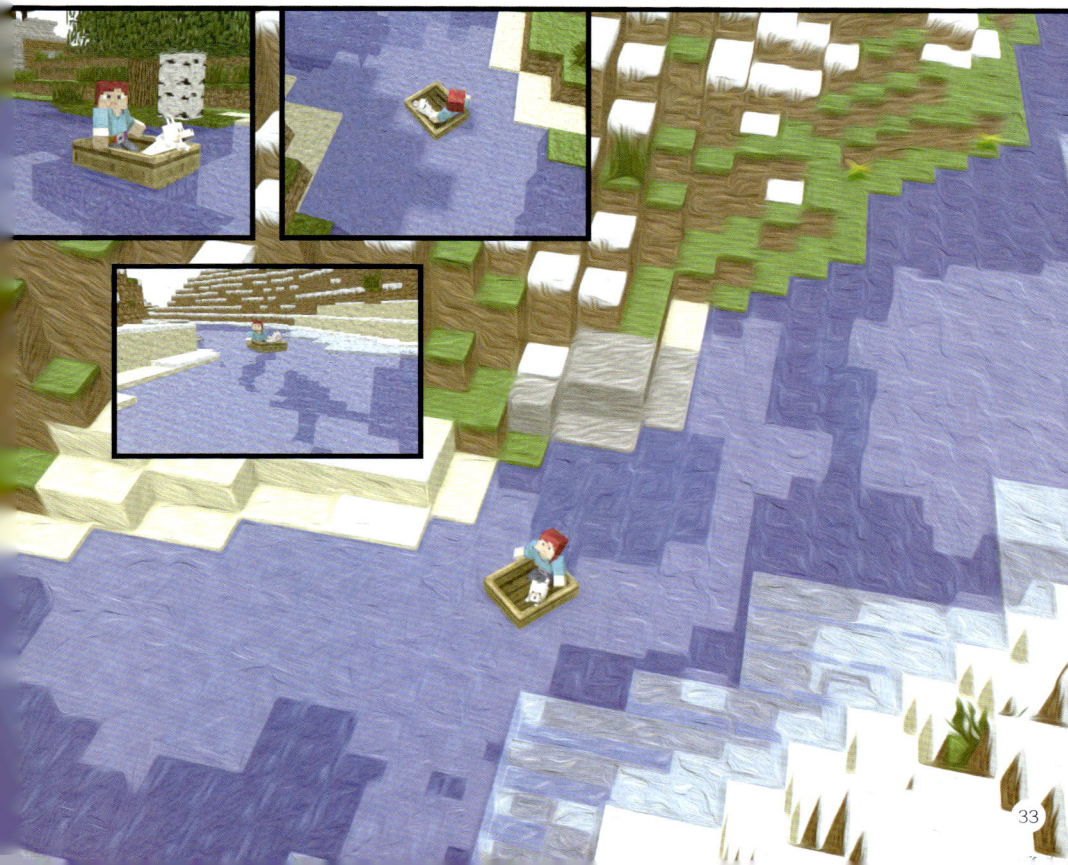

我们可、可、可以跑掉，然后……

藏起来。

她会找到我们的。

我知道你们回来了。

但是那个女孩呢？

还有我的金苹果呢？

那个矿工女孩还活着吗？

当然了！当然了！

那你们找到金苹果在哪儿了吗？

这……

女孩没带来。
金苹果没找到。
人也跟丢了。

好啊，真好，我实验室里正好空出了三个位置。

三片没用的叶正好拿你们开刀！

不要！

跟我来！

我们完蛋了！

≋吞口水≋

咚咚

咚咚

对这个地方一点都不期待。

说实话，那个老婆婆让我毛骨悚然。

我四处闻闻，你先忙你的吧。

你去吧。

有人吗？

我亲爱的！看到你安全回来，我太高兴了。

快来！快进来！

我也很高兴你终于摆脱了那只流浪狗。

嗷！

37

第四章

地牢

这——这是怎么回事？

我把你的镐和弓箭都收走了。

我还拿到了你的金苹果。

现在告诉我，金苹果是从哪儿找来的。

我不会告诉你的！我发过誓，要保守秘密。

难道你不想救你弟弟了？咱俩可以做个交易。

你告诉我金苹果在哪儿，我可以自己去摘。告诉我之后，我就可以让你带着金苹果离开。

我不能背叛隐士和僧人，但也不能不救我弟弟。

狼群正在寺院里保护僧人，我还有机会救他们和我弟弟。

好吧。

金苹果是从修道院摘的，冰山山涧有条小路，修道院就在小路的尽头。

好孩子。

我能走了吗？

别犯傻了。我会派苦力怕去看看你说的是不是实话。

苦力怕？那些绿东西？

咻啦！磁磁！

今天是你们这三堆烂叶子的幸运日。

会你就恢复正常了，药效只能维持几个小时。
滋！
呃！
滋滋！
现在到了你们这群笨蛋将功补过的时候了。去，找到修道院，然后给我拿一袋子金苹果回来。
谢谢您，夫人。
不好，好像出大事了。
给你一瓶药，安安静静地睡着吧！
啊！
啪！
我得先回去做实验！
小凤？
小凤？
她晕过去了。我得找个帮手。

再来点火药。

滋滋。

滋滋。

咔嚓！

啊？怎么了？

你又醒了，矿工女孩。

你怎么知道我是矿工？

我的助手阿密看到你了。

谁？

那只苦力怕。

那只什么？

就是看起来像一堆树叶的怪物。

它是……

对，它是我的助手，我的手下，怎么叫。

你走进森林的时候我就知道了。

怎么会呢？

46

咔嘣！

TNT

是不是火药放太多了……

我知道你是矿工……

还知道你根本不该出现在这个世界。

47

我们隐身了。

啊？

对，这是隐形药水的作用。

怎么回事？

我去找隐士帮忙了。

我们用了隐形药水，这样别人就看不到我们了。我们得等到老巫婆把地牢门打开才能出去。

这是给你的药水。等那个老巫婆下来开门的时候，我们就可以逃走了。

我一尖叫她就会下来。

救命！

救命！

救命！

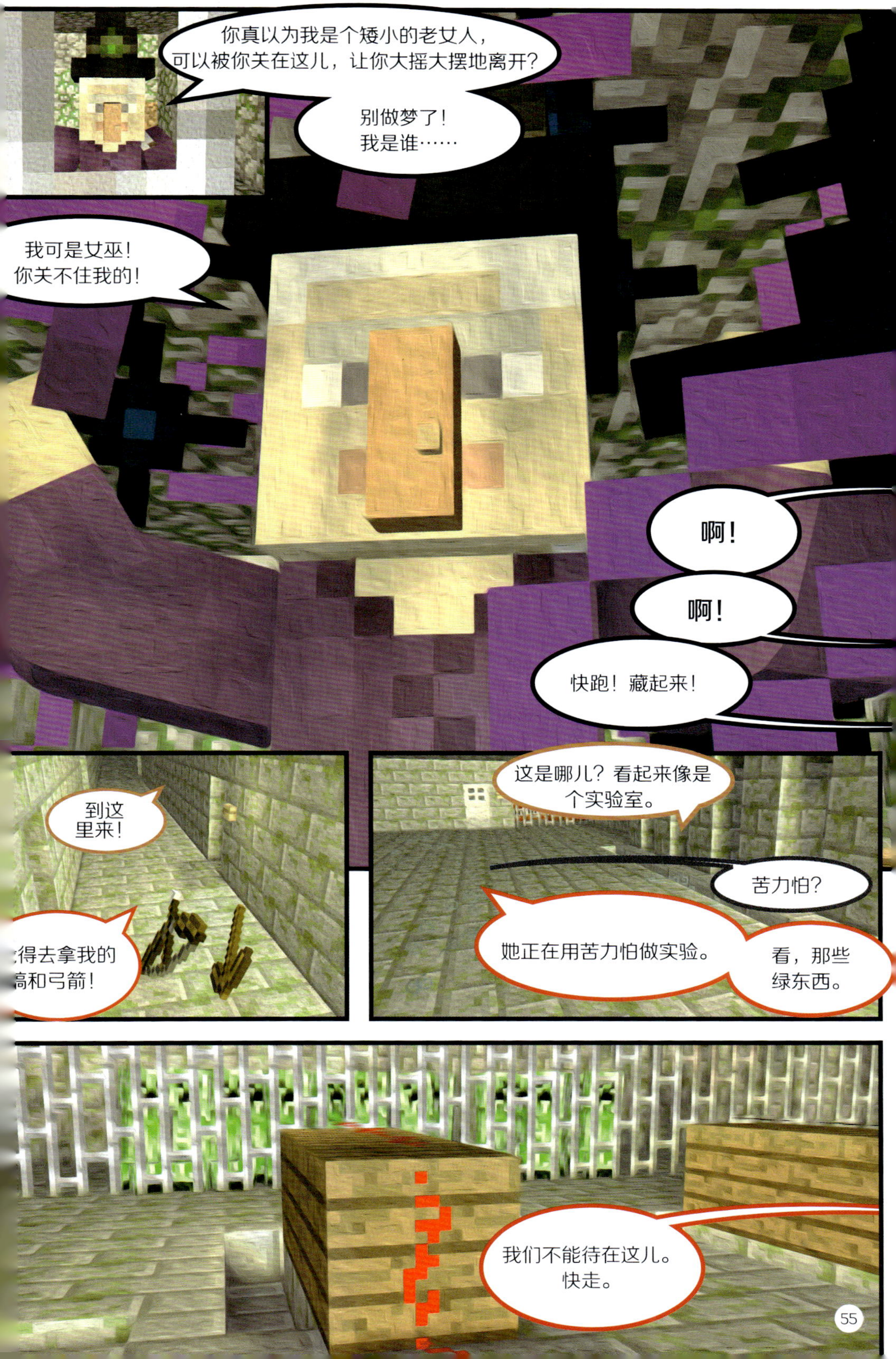

你真以为我是个矮小的老女人，可以被你关在这儿，让你大摇大摆地离开？
别做梦了！我是谁……
我可是女巫！你关不住我的！
啊！
啊！
快跑！藏起来！
到这里来！
得去拿我的
和弓箭！
这是哪儿？看起来像是个实验室。
苦力怕？
她正在用苦力怕做实验。
看，那些绿东西。
我们不能待在这儿。快走。

没错，我是个女巫，
有地牢钥匙的女巫。⳥咔嗒⳥

这边！
快跑！

走这边的走
廊！别出声！

这间屋子开着！

快点，药效要
过了！

我可以放几个最新试验品来帮我！

测试版苦力——靠近矿工就会爆炸。
没错，这是隐形药水！
我需要爆炸威力小的药水，把矿工女孩和她的朋友炸晕，这样我就能把他们拖回地牢了。
我还有三瓶隐形药水。
但我需要从女巫那里拿回我的金苹果。
我们应该尽快从女巫的身边溜走。
我看到她摆弄苹果了，那苹果应该还在她口袋里。
我们先走近点，再使用药水。
我溜到她身边拿走苹果，然后我们马上逃跑。

苦力怕！

我去吓走它。

嗷！

嗷？

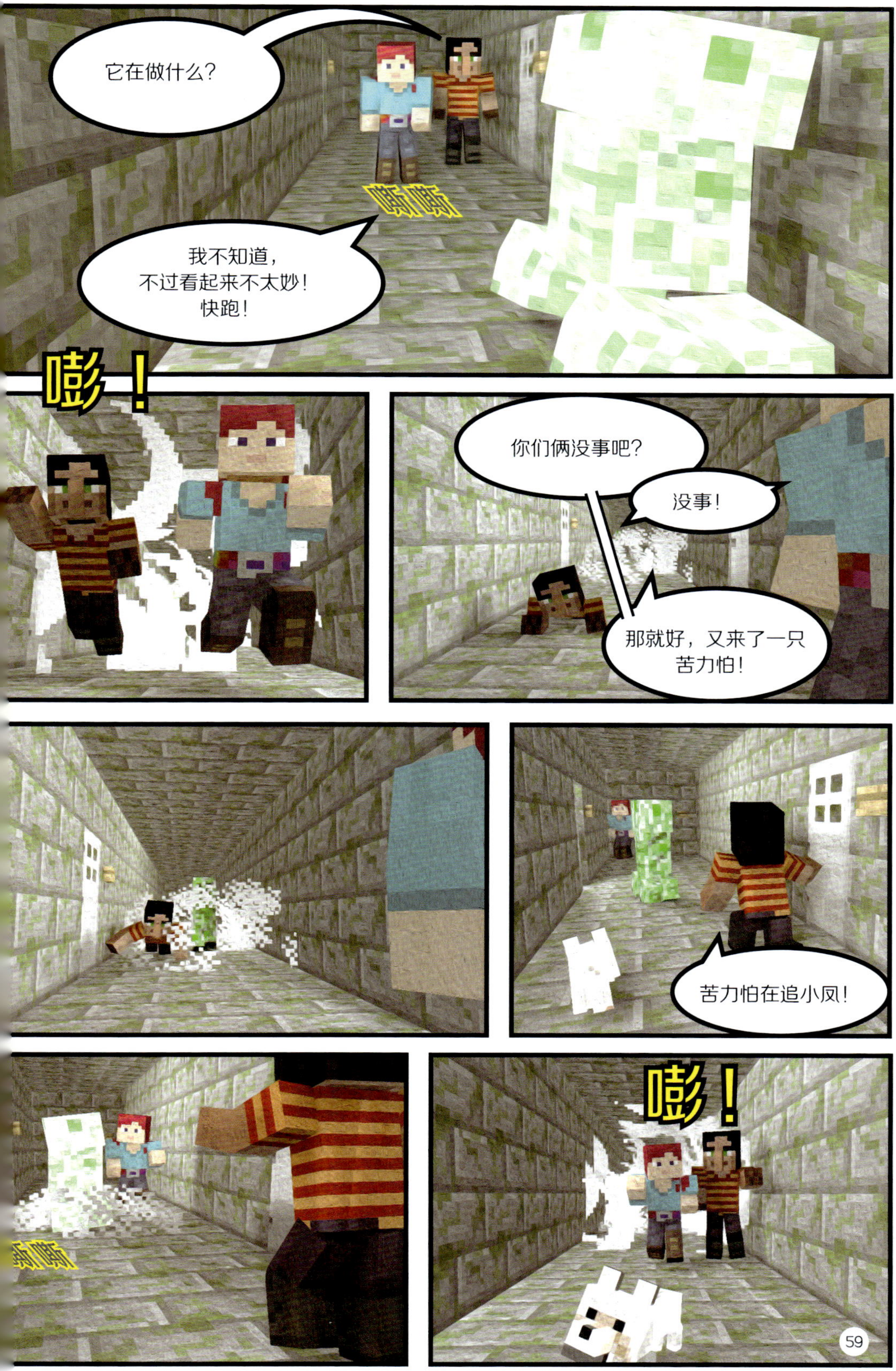
它在做什么？
嘶嘶
我不知道，
不过看起来不太妙！
快跑！
嘭！
你们俩没事吧？
没事！
那就好，又来了一只
苦力怕！
苦力怕在追小凤！
嘭！

既然它们跟着我，我就可以把它们引到女巫那边去。等我从她那儿拿走金苹果，我就引爆它们。我可以跑开，但女巫逃不掉。

还有这么多苦力怕！

你得在最后时刻用隐形药水，但是不能被女巫发现。

它们速度很慢我们跑得过它们！

女巫的实验室马上就到了。

我现在就用药水！

我们来拖住苦力怕

看，那条红石线路着火了。

我闻到了东西烧糊的味道……

我的药效没了。

嘭！嘭

整间屋子都是炸药，这里就要爆炸了！

快找地方藏起来！

这次的爆炸会比刚才更猛烈！

轰！

嘭！

嘭！

看!

天花板被炸出了一个洞。

我们成功了!

现在我得带着虚弱药水和金苹果去救小扎了。只有治好了他，爸爸妈妈才不会生气，村民们才会真正地接纳我。

矿工女孩，你跑得了一时，可你藏不了一世。

第五章

小扎

那个洞就在这附近。

找到了！
那就是欧奶奶用来做标记的罂粟花。

好了。

天哪，我忘了！
我没有虚弱药水！

没关系，
我有办法。

那个女巫有的是虚弱药水。
我们刚溜进去的时候我就拿了很多。
给你。

谢谢你！
现在我可以给我弟弟吃苹果了。
小汤，没有你我可真不知道怎么办
才好。

别担心。不过一切尘埃落定之
后，我们还得走一趟。

去修道院？

去修道院。

狼儿？

我和你一起去！

这就是我家，我溜进去看看小扎有没有在卧室。

小扎不在里面，爸妈还在睡觉。

狼儿，你觉得小扎会不会……

奶奶应该知道怎么回事。

欧奶奶？你醒了吗？

欧奶奶？

谁？

小凤！快进来。

我就待在这儿，四处闻一闻。

小凤，我也不知道小扎在哪儿。

村民们听说村里有个僵尸后很生气。

昨天小扎就不见了。我觉得是你爸妈把他藏起来了。

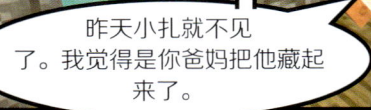

沙沙

沙沙

是狼儿！

让我猜猜，外面是只狼？

我闻到了某种气味！跟你有点像，不过夹着点腐臭味。

我们走！

这边!

气味越来越重了!

小扎!

咕呜

年轻的小姐，我们得问你几个问题！

我必须先救我弟弟小扎。

你竟然把狼带进了村子！

你必须跟我走！

我只有五分钟的时间给他吃苹果！

金苹果？你竟然有金苹果！

让我看看！

不，我必须得让小扎吃苹果！

你这种小矿工压根儿就配不上金苹果！

狼儿，拿着！

走开！

啊啊啊！

他怎么了？救命啊！

呃啊！

他没有恢复，我出不去了！

啊啊！

噢！

嘿！

汪！

啊啊！

啊啊！

小凤！

第六章

团圆

哦，小扎！小凤！
ᶴ抽泣ᶳ

我们还以为要失去你俩了呢！

狼儿，我觉得你得藏起来。去我家吧。

很抱歉打扰你们。

但我现在必须把小凤带走。

现在主管员已经知道小凤的存在了，恐怕村长也帮不了什么忙了。

我会坐牢吗？

那谁来照顾小扎？

爸妈也会坐牢吗？

我们应该有机会在法庭上陈述请愿。

不过，村长说我们很可能会被送到另一个世界去。

小凤会被送到我们发现她的那个世界。

跟我上楼。

我可以帮着照顾小扎。或许我有个法子。

小凤，你救了我。

是我害你被僵尸咬的！这是我欠你的。我以后再跟你细说。现在我有个计划。

爸妈的麻烦是因我而起，所以，如果我不在的话……

什么意思？

我可以消失，至少可以离开一段时间。这样爸妈就能和你在一起，我们也可以趁机想想办法。

住手！你这是要做什么？

我要推开窗户。接着我会离开，但我不会告诉你我要去哪儿，否则你们的麻烦会更大。

你得告诉爸妈，不能就这么消失。

你得相信我们会保守秘密的。

你说的没错。

妈妈!
爸爸!

我要走了。

不!

只有这样，你们才能和小扎在一起。

也只有这样，我才可以继续留在这个世界，留在你们附近。

我的世界·冒险故事图画书（全套12册）

1 异形村的孩子

2 寻找金苹果

3 拯救僧人

4 守卫者的阴谋

5 陌生人来访

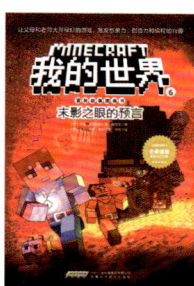

6 末影之眼的预言

7 龙族卷轴

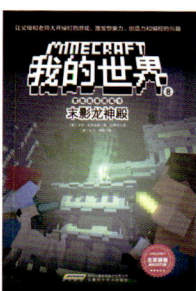

8 末影龙神殿

9 幽灵的传说

10 追击HIM

11 异形世界的危机

12 边境之地

我的世界·史蒂夫冒险系列（第一、二辑12册）

1 寻找钻石剑

2 破坏者的阴谋

3 末影人入侵

4 寻宝猎人的危机

5 白色军团

6 神秘矿山之旅

7 逃离主世界

8 拯救主世界

9 传说中的HIM

10 下界探险

11 HIM军团

12 大战凋灵

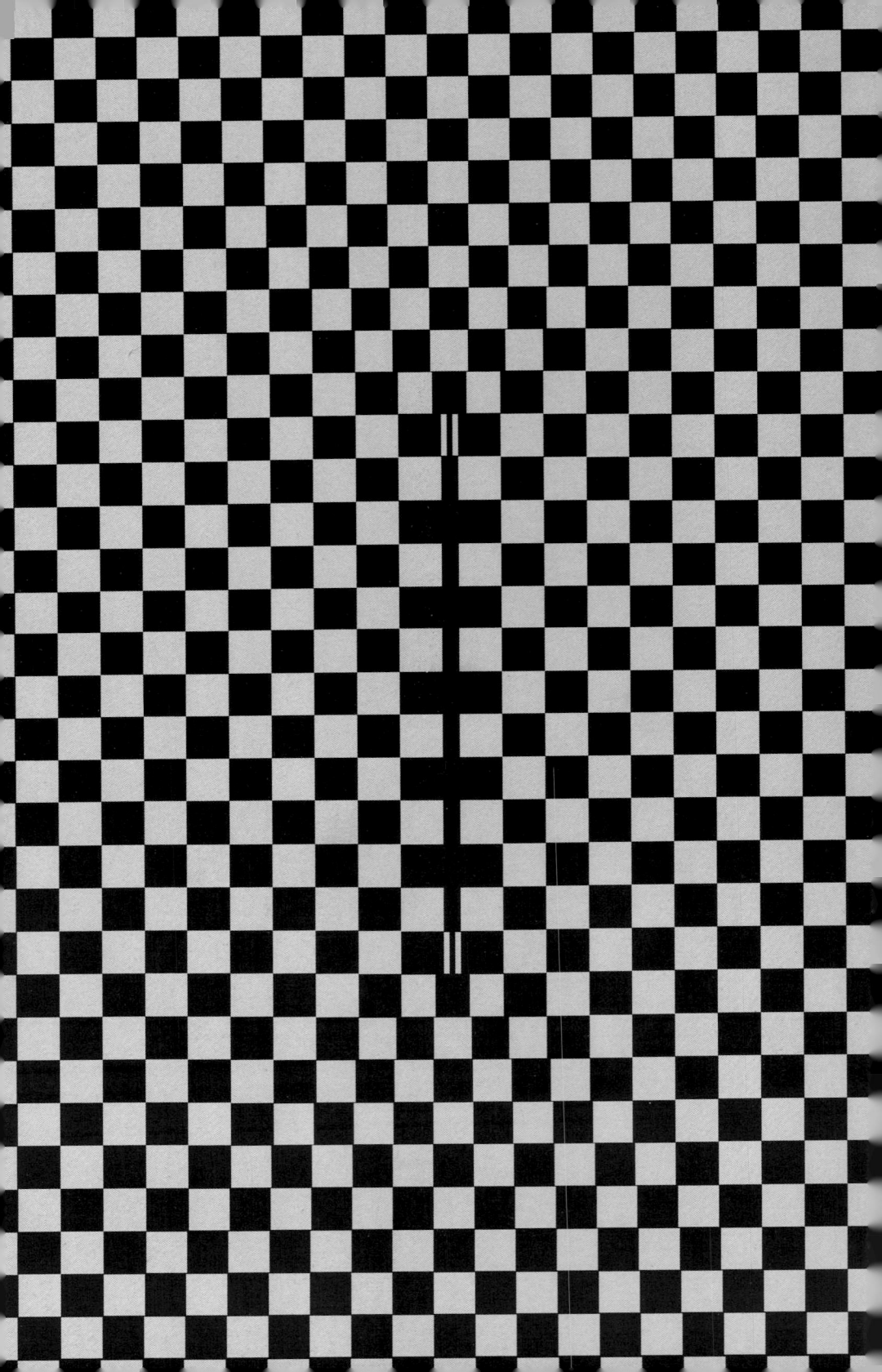